그만둘 수 없는 마음

10년 차 청소부, 진로 고민은 영원히

그만둘 수 없는 마음

김가지 글·그림

안녕하세요, 김가지입니다.

한 번도 안 써본 사람은 있어도(정말?)

한 번만 써본 사람은 없을…

이력서로 책의 첫 페이지를 엽니다.

그만두고 싶을 때

그만둘 수도 없을 때

어쨌든 계속해 나가야 할 때

여러분의 마음은 어떻게 흘러가나요?

지금부터, 그 '마음들'을 여러분과 같이 나누어볼게요.

이　력　서

		성 명	김예지	생 년 월 일	1989 02 07

학 력	기 간	학 교 명	전 공 분 야
	2008-2012	○○대학교 졸업	서양학과 전공

경 력	기 간	근 무 처	직 위	업 무 내 용
	2012~2013	텐○○텐	인턴	포토팀 상품스타일리스트

취 미	독서, 산책, 텃밭 가꾸기, 운동	특기	요리, 그림	종교	무교

2014	깔끔이 청소 개업
2014.09	생애 첫 차를 구입(12년식 중고 모닝)
2018	독립출판『저 청소일 하는데요?』출간
2019	21세기북스『저 청소일 하는데요?』정식 출간
2019.11	생애 첫 독립!
2020.04	반려묘 콩이가 처음 집으로 온 날
2020	성안당『다행히도 죽지 않았습니다』출간
2022	이봄『일하는 마음과 앓는 마음』(공저) 출간
2023	다크호스『다 똑같이 살 순 없잖아』출간
2023	창비『일잘잘: 일 잘하고 잘 사는 삶의 기술』(공저) 출간

위에 기재한 사항은 사실과 틀림이 없습니다.

성 명: 김예지 ㉑

차례

1장

진로 고민은 영원히

✉ 10대의 예지에게

어렴풋이 조각처럼 존재하는 10대 때의 모습이, 지금도 떠오를 때가 왕왕 있어. 혹은 그때의 내가 정말로 존재했던 게 맞을까? 싶을 만큼 아득하게 느껴지기도 해.

내가 잘하고 싶고 좋아했던 것을 열정적으로 해 나갔던 모습들도 기억나. 그래서 덕분에 지금의 내가 정말 그런 일들을 하고 살 수 있게 됐다.

힘든 시절 잘 버텨줘서 고마워. 실수하고 깨지고 힘들어하며 생긴 수많은 상처로 삶을 포기할 수도 있었고 엇나갈 수도 있었는데, 나름의 방식으로 잘 치료해가며 궤도를 벗어나지 않아 줘서 말이야.

생각해보니 그때의 내가 했던 수많은 고민 덕에 지금을 이뤘단 생각도 든다. 고민이 있는 덕분에 쉬지 않고 해결책을 찾아 나설 수 있었거든. 그리고 그 해결책이 나라는 색깔을 만들어줬어. 그 시간을 지나와줘서, 고맙다.

이름을
바꿨습니다

작가 활동을 시작하며 필명을 짓고 싶었다.

흐음… 책 낼 때
본명 말고 필명 하고 싶은데
뭘로 하지?

흔한 이름이 아닌

10238283458번째
김예지

김예지님!

좀 더 기억에 남을 만한 것으로

唯一無二
유 일 무 이

네!

ㅇㅇㅇ님!

사실 대학 시절부터 점 찍어둔 필명이 있었다.

그래! 저거야!

그것은 바로

대학 시절 봤던 영화에서

카모메
식당

주인공이 드립커피를 내릴 때 외웠던 주문

코피루왁

원두와 상관없이 무조건 맛있는 커피를 먹겠다는
그 주문이 정말 마음에 들었다.

귀엽잖아~
너로 당첨이야!

운명처럼 작가 일을 하게 됐고

작가님!

안녕하세요!

모든 작업에 코피루왁이 쓰였다.

코피루왁 지음

그림 I 코피루왁

그러던 어느 날 마주한 사실.

〈뉴스〉

잔인한 커피 한잔, 코피루왁의 진실

고급 커피를 위해 포획돼 좁은 철창
에 갇혀 충분한 먹이도 사냥도 운동
도 못한 채 정형행동과 스트레스성
자해행동을 하는 사양고양이.

그리고 내가 지향하는 삶

비건을 지향하고
동물 복지에 관심이 많다.

그 둘이 충돌하고 말았다.

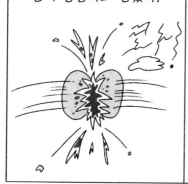

고민이 깊었다.

코피루왁 지음

흠…
어쩌면 좋지?

이미 안착된 그 필명을

코피루왁 작가님!

아…! 저 필명 바꿨어요~

바꾸기에 리스크가 있었다.

안녕하세요, 00편집자님 다름이 아니라 제가 필명이 바뀌어서 인터넷에 올라간 작가명을 수정하려 하는데요.

전에 작업했던 모든 곳에 일일이 수정 요청도 해야 했다.

하지만 이미 충돌한 세계에선 함께 할 수 없었다,

몰랐던 세계

알아버린 세계

안녕. 난 떠날게. 그동안 고마웠어.

그렇게 새롭게 지은 필명은 바로 바로! '김가지'였다.

자존감이
높다고요?

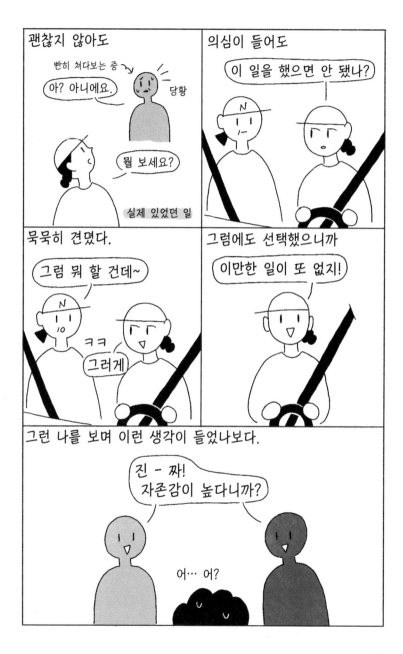

사실 나도 무너질 때가 많았다.

그러보면 정말 난 실패했을지도 몰라 남들 다 잘 다니는 회사를 왜 그만둔 걸까? 그러니깐 이 실패하게 된 거 아닐까? 하는 일도 없으니까 그런 거 아니냐고 갈수록 나이는 먹어가는데 제대로 된 일 하나 이루지 못한다면 난 어떻게 살아야할지

그러나 결국 일어났으니까

하.. 아팠다..
이제 일어나자…

그 칭찬, 달갑게 받으련다.

그리고 다짐해본다.

누구보다 내가 나를 존중하고 믿어주자고 말이다.

맛있다.
이 칭찬.

소확행

직업의 귀천

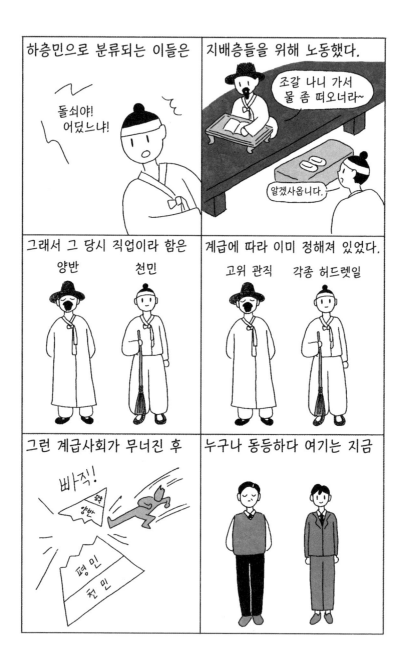

아직도 직업에는 계급사회의 잔여물이 남아 있는 것 같다.

어쩌면 오늘날의 계급은 바로 '직업' 그 자체일지도 모르겠다.

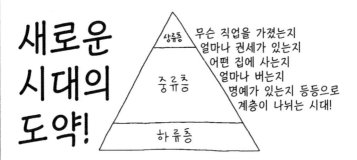

새로운
시대의
도약!

상류층 | 무슨 직업을 가졌는지
얼마나 권세가 있는지
어떤 집에 사는지
중2층 | 얼마나 버는지
명예가 있는지 등등으로
계층이 나뉘는 시대!
하류층

그래서 청소일을 하는 나에게 | 자꾸 이런 질문을 하는 걸까?

직업에 귀천이
있다고 생각하시나요?

네?

닮은 사람을
만나는 일

때는 2022년 9월 3일 배윤슬 작가님과 북토크가 있던 날

강연이 끝난 후

들어주셔서 감사합니다.

각자 소개의 시간을 가졌고

오늘은 인원이 소소하니 오신 분들 각자 소개 부탁드려요!

그중 한 분이

안녕하세요. 저는 인천에서 온 OOO입니다.

청소일을 하고 계셨다.

사실 저도 지금 아내와 청소일을 하고 있어요.

그런 의미로 흥미로웠다.

무슨 결심으로
청소일을 시작했을까?
연차는 얼마려나?

들뜸

약속 날

인천 친구와
잠깐 만났다.

잘 다녀와.

빠이.

동인천의 한 식당에서 만났다.

안녕하세요~

안녕하세요.

벌떡

총 네 명

한 분은 그들의 지인으로

반가워요.

이들의 청소 선배였다.

끄덕!

이분은 저희가
청소일 시작할 때
도움을 많이 주셨어요.

김밥 변천사

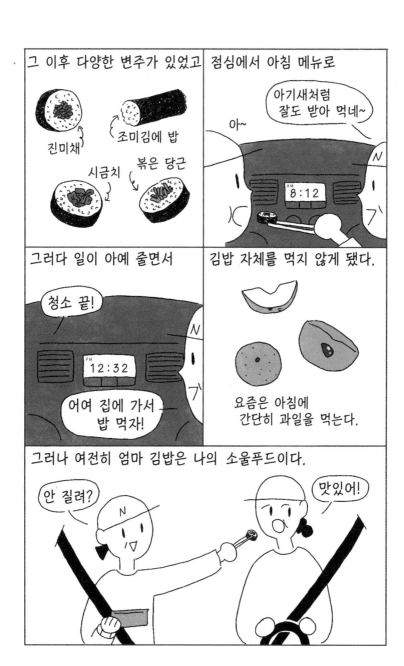

그 이후 다양한 변주가 있었고

진미채
조미김에 밥
시금치
볶은 당근

점심에서 아침 메뉴로

아~
아기새처럼 잘도 받아 먹네~

AM 8:12

그러다 일이 아예 줄면서

청소 끝!

PM 12:32

어여 집에 가서 밥 먹자!

김밥 자체를 먹지 않게 됐다.

요즘은 아침에 간단히 과일을 먹는다.

그러나 여전히 엄마 김밥은 나의 소울푸드이다.

안 질려?

맛있어!

일시	2024년 6월 3일 월요일	날씨	쾌청함

청소 | 작가 | 일러스트레이터 | 강연 | 강사

오늘의 목표	월요병 극복!

누군가 그랬던가… 월요병을 없애려면 일요일에 출근하라고…?
(죽고 싶은가?) 여하튼 나는 일요일에는 출근할 의사가 없으므로 월요병
을 극복할 다른 방법을 터득해야 한다…
그것은… 그것은… 통장 잔고 보기! 아니 어쩔 거야! 벌어야지! 일어나!!!
하… 일하기 시렁ㅠㅠ

12년식 모닝

짧은 만남

직업의 의미

다양한 사람을
만나는 일

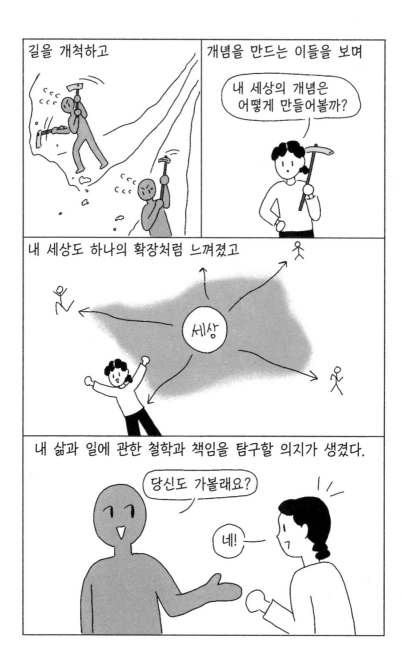

61

진로 고민은 영원히

엔잡러

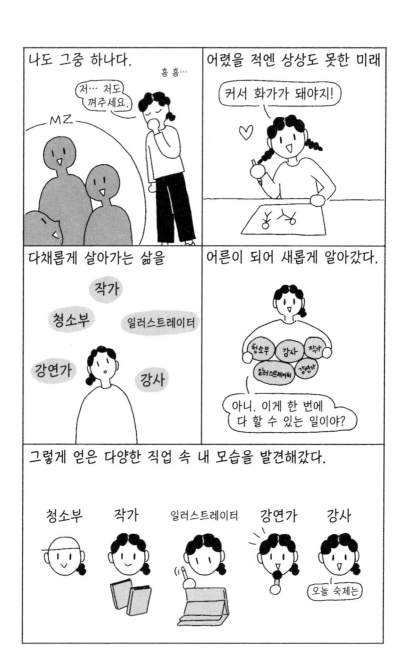

일시	2024년 6월 4일 화요일	날씨	화창하고 맑음

청소 | 작가 | 일러스트레이터 | 강연 | 강사

오늘의 목표	새로운 책 초안 시나리오 짜기

처음으로 도전하는 픽션 만화를 준비하는 요즘.
항상 나의 이야기를 기반으로 에세이를 써오던 나에게 상상의 인물을
만들고 그 세계를 만들어가는 건 큰 도전이자 즐거움이지만
다른 한편으론 엄청난 고통이 따르기도 한다.
오늘은 초안으로 등장 인물과 주변의 관계들 그리고 그들이 만들 이야기를
쓰기로 마음먹었지만 도통 쉽게 풀리지 않아 괴로웠다.

일하지 않고
살 수 있을까

대한민국 헌법에도
적힌 그 말

제 32조 2항

'모든 국민은
근로의 의무를 지닌다.'

자본주의 사회의 생존 방식은

의   식   주

다양한 노동과 돈의 등가교환

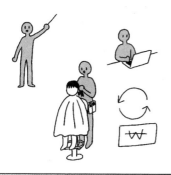

또한 종교에서도 말했다.

일하지 않는 자여
먹지도 마라.

그런 사회에서 일을 하지 않는 삶은 어떨까?

아… 밥… 먹지 마요?
배… 배고픈ㄷ…

백수(31) / 아무개

가끔은 일을 위해 사는 건지

나를 위해 일하는 것인지

알다가도 모를 날들이 있다.

그럴 때 간절히 생각하게 된다.

일하지 않는 삶은 어떨까?

제가
행복해 보여요?

누군가는 나보고 참~ 행복하겠다 해요. 괜찮은 사업체 사장이고 자식들도 잘됐고 했으니까요.

근데 가끔 안 행복해요. 회사 사람들이 마음이 안 맞아서 그만둔다 하면 책임자로 내가 잘하고 있나? 이런 생각도 들고. 어떻게 해야 하는 걸까? 정말 고민되거든요.

이런 얘기 어디 가서 하기 좀 그랬는데, 작가님은 좀 이해해줄 거 같아서… 말해봤어요~

잘하셨어요~

하하… 그… 그럼 수고해요!!

들어가세요~

그분의 뜬금없는 고백에 조금은 당황스러웠지만, 이내 그 마음이 이해되었다. 결국엔 각자의 자리만큼 고민이 있다는 걸 말이다. 이러든 저러든 모두 수고가 많구나. 그런 마음이 들었다.

허허~

직업은 나

그런 만큼 직업은 단순히 돈을 버는 행위를 떠나

월 300만 원

월 500만 원

공무원

타일공

사회 속의 나라는 사람이 대접을 받는지

다녀왔어요.

아이고 우리 공무원 아들 왔어요?

취급을 받는지 결정되고

속담

너 공부 안 하면 저 아저씨처럼 된다.

헉!

자아상에 큰 영향을 준다.

이상한 사람이네?

2장

계속하고 있습니다, 청소일

✉ 20대의 예지에게

돌이켜보니 20대의 나는 가장 우울했고 가장 반짝였어.
10대의 내가 조용한 어둠에 잠식된 느낌이었다면, 20대의 나는 그 어둠 안에서 포효하며 어떻게든 벗어나려고 발악했던 것 같아. 여전히 미숙하고 허점투성이여서 역시나 상처도 많이 받고 깨지기도 했지.

그런 순간들이 이젠 단 하나의 레이어에 겹쳐져서 보이니 정말 열병 그 자체처럼 보여. 다양한 색깔이 뒤죽박죽 섞여서, 혹은 검정 같아 보이기도 하고 말이야. 지금은 다행히 일도 잘하고 욕심을 조절하는 방법과 필요한 만큼만 쓰는 마음도 기를 수 있게 됐어.

10대부터 20대까지, 좋아하는 것을 놓지 않아 줘서 고마워.
넌 아니? 20대의 나는, 그걸 지킨 이유가 뭐였어? 참 우습다. 지금도 모르면서 과거의 내게 묻고 있다니. 뭐, 결국 이유는 몰라도 놓지 않은 덕분에 아직도 잔잔히 그림을 그리고 사랑하며 살아가.

예쁘다.
잘 봐뒀다가
그림으로 남겨야지.

시간표 변천사

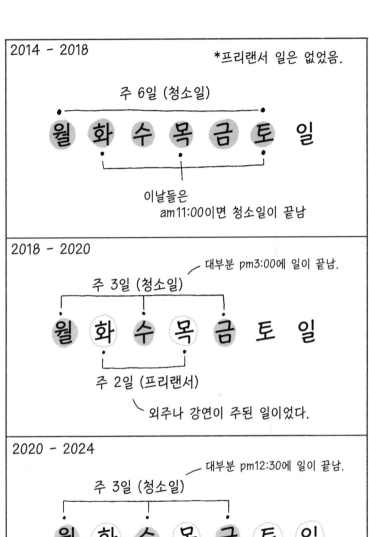

2014 - 2018

*프리랜서 일은 없었음.

주 6일 (청소일)

월 화 수 목 금 토 일

이날들은
am11:00이면 청소일이 끝남

2018 - 2020

대부분 pm3:00에 일이 끝남.

주 3일 (청소일)

월 화 수 목 금 토 일

주 2일 (프리랜서)

외주나 강연이 주된 일이었다.

2020 - 2024

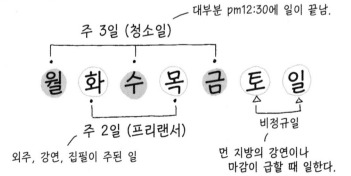

대부분 pm12:30에 일이 끝남.

주 3일 (청소일)

월 화 수 목 금 토 일

주 2일 (프리랜서)

외주, 강연, 집필이 주된 일

비정규일

먼 지방의 강연이나
마감이 급할 때 일한다.

10년 차 청소부

이런 변화들이

책임감

일

모르는 새 나를 성장시켰고

일

책임감

삶의 방식

한 가지 일을 오래 유지하는 힘은 스스로에게 믿음을 줬다.

나 꽤나 성실할지도?
이 정도 선물은 받아도 돼.

믿음

그러나 순탄한 10년은 아니었다.

아오!!
이건 왜 터져 있어?!

하...

정말 지긋지긋하던 때도 있었고

진짜 지긋지긋해.
이런 삶…!

다른 일을 해보고 싶기도 했다.

바닷가 근처에서 게스트하우스 해보고 싶다. 재밌을 것 같은데…

그럼에도 계속했던 이유는

야, 꿈 깨.

현실

앞서 낸 책에서 말한 이유와 놀랍도록 같다.

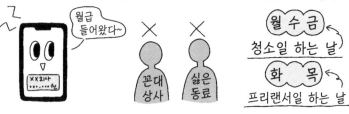

안정적인 수익   관계 스트레스가 없다.   시간의 자율성

월급 들어왔다~

XX회사 •••.•••원

× ×

꼰대 상사   싫은 동료

월 수 금

청소일 하는 날

화 목

프리랜서일 하는 날

현실의 문제 앞에

와. 이번 달은 강연도 외주도 없네.

아주 큰 버팀목이 되어줬다.

청소일

걱정마~ 내가 있잖아.

다행이야!

잠 깨우는
왕눈이

요즘 자주 보이는 눈 스티커

*한국도로공사에서 진행하는 졸음운전방지 캠페인의 일환

졸지 마라.
내가 다 보고 있다!

운전을 하면 다양한 녀석들을 만난다.

이 녀석은 화가 났네.
ㅋㅋㅋ

그러던 어느 날

루틴

화, 목(토,일) 프리랜서 일

AM 8시-9시 사이 기상

물 한 잔 후 운동

점심 식사

PM 1시 일 시작

PM 8시쯤 일 종료 후 휴식

103

그만둘 수 없는 마음

처음 일을 가진 후

첫 아르바이트는
피잣집이었다.

무수히 많은 일과 이별했다.

PC방 알바

화장품 제조
공장 알바

편의점 알바

옷가게 점원

그 이별이 그리 무겁지 않았다.

사장님 저
시험 기간이라
그만둬야 할 거 같아요

평균 3개월
일했었다.

그러다 청소일을 만나고

작가일도 만나며

어느새 나는 변해 있었다.

놓치지 않을 거예요!

꾸라

악

안정적인 삶을 살게 하고

자아실현을 도모하는 일이

송두리째 사라진 후 다시 내 삶을 채워야 한다면

도대체 지금의 나는 무엇을 다시 찾아야 하는 걸까.

어찌 보면 일뿐만이 아니라

삶의 많은 것들이 무거워져간다.

꿍차

꿍

꿍

안정을 찾고 소중한 것들이 많이 생겼단 의미기도 하겠지.

그런 만큼 일을 그만두는 것이 예전보다 더 어려워졌다.

이것이 바로 말로만 듣던
어른의 마음인 것인가…

무겁도다…
삶의 무게여…

일시	2024년 6월 5일 수요일	날씨	화창하고 맑음

청소 | 작가 | 일러스트레이터 | 강연 | 강사

오늘의 목표	소변기 센서장치 건전지 갈아주기

○○공장의 1층 남자 화장실 가장 구석에 위치한 소변기의 센서장치 건전지가 저번부터 다 닳았는지 작동하지 않는다.
그래서 오늘은 꼭 갈아달라는 엄마의 부탁을 받아 내가 갈아줬다.
요즘은 수동으로 물 내리는 소변기보다 이렇게 센서로 자동화해 물을 내려주는 소변기가 많이 늘었다. 쓰는 사람들은 편하지만 관리하는 우리는 생각보다 약이 자주 닳아 조금 귀찮기도… 그래도 오늘 잘 갈아줌!

노동 전문가는
아닌데요

어쩌다 이렇게 된 걸까?

일하는 마음과
앓는 마음

일
잘
잘

어느덧 난 '노동 전문가'가 됐다.

안녕하세요. 작가님
저는 00라디오 작가입니다.
다름이 아니라 노동에 관한
인터뷰를 진행하고 싶은데요.
가능하신가요?

넹??
(어리둥절)

자꾸 노동에 대해 이야기하는 상황이 비일비재해졌고

다양한 형태의 일에 대한
이야기를 엮는 책이에요.
작가님의 얘기도
원고로 넣고 싶은데 어떠세요?

재밌겠는걸요?
좋습니다! 저도 참여할게요.

급기야 이런 문제까지 나에게 자문을 구해온다.

연세대 학생이 "학습권 침해"로
학교내 청소노동자 농성에
소송을 했는데요.
어떻게 생각하시나요?

그… 그게… 어…
노동자의 정당한 권리를 요구할…
권리를 뺏는… 그…

어버버

라디오 전화 인터뷰 중

111

말하면서도 헷갈린다.

내가 이런 이야기를 해도 되나? 내가 뭐라고…? 그보다 뭐라고 말해야 할지 모르겠어! 끄아라라!!!

좋은 의견 감사합니다.

네…네! 가… 감사합니다!

한국노총* 기관지에 4컷 만화 연재도 시작하게 됐다.
*한국노동조합총연맹

흐음… 이번 호에는 어떤 이야기를 그릴까나? 뉴스 좀 찾아봐야지.

생각지도 못하게 '노동'과 밀접해져버렸다.

외국인근로자

직장내 괴롭힘

성비 임금 격차

실업급여 논란

택배 노동자

플랫폼 노동자

코로나 시대의
청소부

그래서일까 그 시절 다양한 '젊은이'들에게 연락을 받았다.

< kimgaaji ∨   ⋯   📝

○○○
안녕하세요 작가님. 저는 ○○○라는 사람입니다. 📷

# # #
청소일이 하고 싶어 연락드려요. 📷

@ @ @
작가님 저를 제자로 받아주세요! 📷

코로나로 비행길이 끊긴 승무원

STOP

네⋯?!

코로나로 비행이 없어
아쉽게도 당분간
휴직을 해야 할 거 같다

인원감축으로 실직을 당한 회사원

크흑.. 이제 어떻게 살아!
대출이자도 따박따박 나가는데

그들은 당장 생계를 위해 내 일을 배우고 싶어했다.

제발 알려주세요!   부탁드립니다!!

아⋯

요즘 애들은 왜
(feat. 신인류)

그래서 요즘 애들은 사회적인 기준이 아닌

사무직

화이트칼라

회사원

내 기준에 맞는 일을 선택하고 당당하게 책임지지.

신인류의 탄생을 축하해줘!

나를 닮은 일들

직업을 가진 후

첫 직장
상품스타일리스트

2012

깨달은 바가 있다면

현재
N잡러

탁!

2024

바로 일과 내가 닮아가는 것

일 나

나에게 맞는 옷을 찾는 듯

아이고
편하다!

내 집이 제일 편한 것마냥

내 침대가 최고야.

자꾸만 닮은 것을 선택한다.

옷!

예민성이 높고

딸깍! 딸깍!
ㄴㄴㄴ
기 딸깍!

하···
퇴사 하고 싶다!

느슨한 관계를 추구하는 나

끝나고
술 한잔 콜?

아···
집에 가야 해.

선 긋 기

그에 맞는 옷을 입었고

청소부

독립적이고
개인적이며

자아실현 하고
내 의견을
피력하는 일

작가

현재 나는 일과 닮아 있다.

지금 하는 일에
얼마나 만족하시나요?

그래서일까 내 일들이 자랑스럽고 좋다.

꽤나 만족합니다.
애정하고요.

130

시선의 무게

눈에 띌 게 없는 나는

주목받을 일이 없었다.

행인2
행인1
행인3

그런 내가 청소를 시작하고

슥
슥

은근한 주목을 받았다.

힐끔
힐끔

다른 청소부와 달라서 말이다.

여보세요?
휙
휙

일상에선 모르던 시선들

뒷통수에 눈이 달렸나…
다 느껴지네.

132

분리수거(상)

청소를 시작하고 마주한 타인의 쓰레기들

이렇게 방대하게 쏟아내다니

- 일주일 뒤 -

놀라울 따름이었다.

일주일 만에 또다시..
이 어마어마한 양이..!

꿀꺽!

썩는 데만 500년이라는 물질

그 물질이 일주일마다 쏟아진다.

일시	2024년 6월 6일 목요일	날씨	살짝 덥고 화창함

청소 | 작가 | **일러스트레이터** | 강연 | 강사

잘 들리시나요?

끄덕!

스케치 진행 사항

- 도비라 인물 1컷: 00 인물
- 본문 삽화 중 3번째 컷 요청
- 시작 장마다 들어가는 중복 캐릭터 1개

다음 주 금요일 14일까지 스케치한 것을 보내주면
디자이너와 상의 후 전체 스타일 픽스하여 피드백

스케치 1차 6.14일 | 전체 스케치 2차 6.24일

오늘의 목표	출판사와 줌 미팅으로 삽화 작업 일정 픽스하기

오랜만에 들어온 책 삽화 작업이다. 웬만해선 메일로 주고받은 후 작
업을 시작하는데, 이번 작업은 감이 안 잡히는 부분이 있어 줌으로 삽화
작업에 대해 회의를 하게 됐다.
대략적인 작업의 틀은 잡힌 것 같고, 이제 실제로 내가 언제까지 이
작업을 마무리 할지, 어떤 형식으로 작업에 들어가면 좋을지 정하는
날이었다. 역시 감이 안 잡힐 땐 글보단 대화가 더 확실해!

명절 선물

분리수거(하)

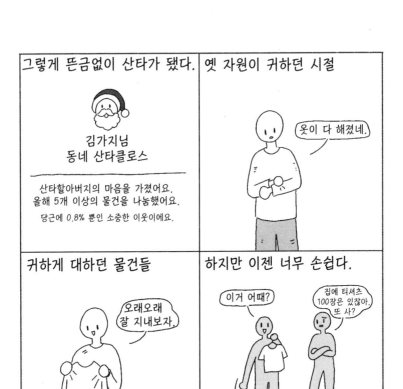

그렇게 뜬금없이 산타가 됐다.

김가지님
동네 산타클로스

산타할아버지의 마음을 가졌어요.
올해 5개 이상의 물건을 나눔했어요.
당근에 0.8% 뿐인 소중한 이웃이에요.

옛 자원이 귀하던 시절

옷이 다 해졌네.

귀하게 대하던 물건들

오래오래
잘 지내보자.

하지만 이젠 너무 손쉽다.

이거 어때?

집에 티셔츠
100장은 있잖아,
또 사?

아 디테일이
다르다고~!

그 손쉬움이 어느새 우리에게 칼을 겨누는 것도 모른 채 말이다.

기후재난에
불타는 지구

식탁을 위협하는
미세플라스틱

의류 염색 염료에
해양 생태계 위협

쓰레기로 덮히는
땅과 바다 들

오늘도 그렇게 내 당근의 온도는 올라갔다.

응. 또 당근으로
나눔해야지.

오늘도 꽤 나왔네.

오해는
풀면 된다

그러던 어느 날 큰 소리가 들렸다.

3층 사용자였다.

아니 좀 치워주면 되지!
여기다 둬야겠어요?
보기 지저분하잖아요!!

아… 그게 저희가
계속 해주면
습관이 돼서 자꾸
더 버리시더라고요.

아니! 좀 그냥
치워주면 되잖아요!

근데 왜 자꾸
소리지르세요?
좋은 말로 하셔도
저희 알아들어요.

불-쑥

아니…! 아 참나
그리고! 청소도 좀
제대로 해요!!

네? 청소요?

149

말하기 전까진 서로를 이해하지 못했지만
각자의 사정을 안 이상 이해 못 할 일은 없었다.

그렇다. 오해는 말해서 풀면 된다.

네. 알겠습니다.
저희도 신경 쓸게요.

그랬겠어요.
서로 오해가 있었네요.
오해는 말해서 풀면 되죠.
그러니까 언제든 말해주세요~

다혈질 2인

인사는
어려워

임금 협상

2014년 처음 계약을 한 후

잘 부탁드립니다.

지금껏 청소비 동결인 곳이 많다.

+10년

2014년 0월 0일
계약사항
화장실 6개
건물 계단 3층 외
주차장 청소
기타 등등

청소비
660,000원

2024년 0월 0일
계약사항
화장실 6개
건물 계단 3층 외
주차장 청소
기타 등등

청소비
660,000원

근근이 올린 곳도 몇 있지만

안녕하세요. 사장님
저희 청소비 인상 때문에
연락드렸습니다.
근 6년 동안 인상 없이
지냈는데 요즘 물가도 오르고
저희도 조금 힘들어서요.

아 그러시군요.
얼마 인상 원하시나요?

턱없이 낮은 수준.

2만 원 올리려는데…
괜찮으신가요?

그럼요~
그럼 다음 달부터 인상해서
보내드리도록 할게요.

정말 감사합니다!
더 신경 써서 해드릴게요!
좋은 하루 보내세요.^^

계속된 경기 침체에 임금 인상을 말하기가 껄끄럽다.

2만 원 올리기도
이렇게 힘드냐?

그러게.
만 원도 오르면
부담스러워하니
2만 원은 오죽하겠어.

그러다 용기 내 시도했으나

이곳은 계약 때부터
평균 단가보다 싼 곳이었고
근 8년 동안 임금 인상도 못 했다.
그래서 다른 곳에 팔려고 해도 단가가
너무 싸서 다들 거절하는 상태였다.
그래서 한 번에 훅 올렸다.

이번엔
20만 원 도전!

도전!

처참하게 패배하고 말았다.

최송한데 인상은
어려울 것 같아요.
이번 달까지만 부탁드려요.
그동안 감사했어요~

그렇군요.
네~ 저희도
그동안 감사했어요!

일자리 하나하나 아쉬운 우리는

그래 너무 큰 도전이었어.
한번에 너무 큰돈을 불렀지?
하… 하지만 단가를 맞추려…면

하 하 하 . . .

허무

여전히 10년 전 임금을 받는다.

좋겠다…

최저임금이
인상됩니다.

자영업자는 당연한 것들도 보호받지 못할 때가 많다.

다쳐도 산재가 안 되고

아파도 못 쉬고

임금 협상도
굽신굽신해야 한다.
(아 회사원도 마찬가지인가.)

저기…

돈 좀…

중년의 남자

사람을 부리는 중년 남성

흐음…

그 특유의 오만함과 특권의식

털썩!

여기들 앉으세요.

불편하고 불쾌했다.

제가 웬만해선 사람을
내치지 않아요.
한번 인연을 맺으면
아주 오래 가는 사람이에요.

우리 사이는 그저 계약 관계로

갑: 00 회사
대표: 000   (서명)
주소: 삼만리 어쩌고 모모동
전화: 000-0000-0000

을: 깔끔이 청소
대표: 000   (김깔끔)
주소: 냥냥도 저쩌고 멍멍동
전화: 000-0000-0000

서비스를 제공하는 자와

돈을 주고 제공받는 자. 그뿐이다.

띠링!

입금

00회사 청소비   300,000원

그러나 그는 우리를 마치 아랫사람 대하듯 굴었고

제가 말했듯이 한번 연을 맺으면
아주 오랫동안 가는 사람이예요.
사람 사이엔 믿음이 중요하고
또 그걸 잘 지켜야 오래가겠죠?

그건 우리도 마찬가지다.
지금까지 9년 이상 넘게
계약해 신뢰하며
일하는 업체가 대부분.

계약 내용과 전혀 상관없는 TMI를 쏟아냈다.

그리고 지금 일하는 옆 건물
사장님이 제 고향 선배예요~
그래서 제가 이렇게 청소일도 시킨 건데.
저 선배랑 어렸을 적부터 알고 지냈어요.

어쩌라고

마치 우리가 엄청난 잘못을 해서 | 엄중히 처벌하겠단 태도였다.

쯧 쯧...

163

오랫만에 느껴본, 특권의식에 사로잡힌 중년 남성은 끔찍했고

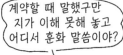

계약할 때 말했구만 지가 이해 못해 놓고 어디서 훈화 말씀이야?

아니. 무슨 잘못해서 교장실에 끌려간 학생 된 거 같았잖아.

오해를 누군가의 잘못으로 씌워 가스라이팅 하던 그에게

'나 원래 이런 사람 아닌데 너네가 잘못해서 이렇게 만든다' 어법 사용

안 휘둘리고 군말없이 계약만 해지하고 나온 나에게 칭찬한다.

같잖다. 진짜.

칡 아저씨

일시	2024년 6월 7일 금요일	날씨	비가 내림

청소 | 작가 | 일러스트레이터 | 강연 | 강사

자, 시작해볼까?

두 ⁻ ⁻ ⁻ ⁻ ⁻ ⁻ 둥

오늘의 목표	OO회사 공사한 방 청소 해주기

창고로 쓰던 방을 사무실로 개조했다며 공사로 인해 더러워졌으니 우리
에게 청소를 해달라고 의뢰가 들어왔다. 공사 후 인테리어 업체에서 큰
쓰레기나 간단한 청소는 해놓은 상태이고 우리는 자잘한 공사 먼지와
전체적으로 깔끔하게 정리해주면 된다.
이런 경우엔 일상 청소에 포함이 되지 않아 따로 견적을 받은 후 청소
비를 받고 해준다. 그래도 오래 일한 곳이라 싸게 해줬다구~

3장

미래는 불안을 닮아서

안녕? 지금의 나.

벌써 30대까지 거슬러오다니. 마치 연어의 힘찬 역행처럼 빠르게 치고 올라온 기분이네.

솔직히 말하면 아직도 어려운 게 너무 많아. 그림으로 자리를 잡지 못했거든. 안 그러고 싶어도, 마음이란 게 내가 조절할 수 없을 때가 많잖아. 그래도 이것 또한 천천히 가려고 노력하고 있어. 어차피 좋아하는 일이고 생계는 청소일이 있으니 조금은 마음 놓으려고.

결국 예전보다 내가 잘하게 된 일은 못난 나도 인정해주는 법인 것 같아. 예전엔 그런 내가 죽도록 미워서 병에 걸렸었어. 그 모습이 너무 꼴도 보기 싫어서 내가 나를 더욱 미워했거든. 그러나 이젠 그러지 않으려고 해. 나라도 내 못난 모습 좀 봐줘야지, 안 그래?

그러니 내가 만들어가는 미래가 더 궁금하고 기대돼.
지금의 나도 고맙다. 사랑해.

꿈이 없어요

179

181

일시	2024년 6월 8일 토요일	날씨	날씨 맑음

청소 | 작가 | 일러스트레이터 | **강연** | 강사

Q&A

질문 있나요?

저요! 저요!

오늘의 목표	초등학생들 집중시키기

중, 고등학교 강연은 꽤 해봤지만 초등학교 강연은 처음이라 많이 긴장 된다. 많이 접해보지 않은 나이기도 하고, 내 이야기를 어떻게 집중 시 켜야 할지 감이 안 잡힌다. 최대한 목소리는 까랑까랑하게! 강약조절을 해 주고 아이들이 흥미로워할 만한 질문을 던지면서 집중을 흐트러지지 않게 노력해야 할 것 같다. 마치 이야기꾼처럼 최대한 감정도 살려서! 아… 긴장되지만 잘 해보자! 파이팅!

청소일
그리고 작가일

외향적이다.

재잘
재잘
조잘
조잘

매우 밝고 말을 이끈다.

아! 또 제안 드릴 게 있답니다.

예전에는 어렴풋했던 자각이

청소부
작가

흐음…   뭔가 있는데…

어느 날 문득 또렷해졌다.

아니! 이런 모습이?

청소부   작가

하는 일에 따라 내가 달라지는 것을 말이다.

나… 사실 이중인격자…?

헉쓰…

책, 새로운 세계로

2018년을 시작으로

독립출판

꾸준히 책을 내면서

청소일

다행히도

앓는 마음

다 똑같이

얼떨결에 얻게 된 직업

?!

작가님!

그 덕에 큰 전환점을 맞았다.

우왁!

방송 출연

인터뷰

그림 외주

다양한 경험

인생은 그렇다.

같이 청소일
해볼래?

??

잉? 청소일?

정말 예상할 수 없다.

청소일 하는 만화를
누가 봐주려나?

슥 슥

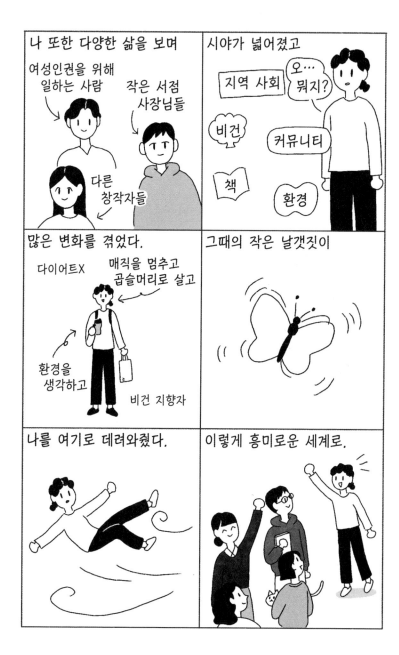

적당히
일하는 삶

그때부터 노동 시간을 줄였다.

웃차!

주 6일   주 3일

더 이상 돈에게
패배감이 들지 않았고

야! 나 여깄거든?
야! 나 무시하냐?

일은 거대한 자아에서

도대체 어떤 일을 해야
인정도 받고
돈도 잘 벌 수 있어?
내가 그런 일을
할 수는 있는거야??

삶의 한 조각으로 치환됐다.

일

휴식

취미   삶   관계

배움   사랑

운동

무언가를 얻기 위해 무리하는 삶은 지양하게 됐다.

그림으로
잘 먹고 사시나요

처음으로 외주를 받고

답장 전달 | 이동▼

[출판사] 삽화 작업 의뢰 요청

안녕하세요. 김예지 작가님

삼천리 도시가스 요금고지

[뉴스레터] 그들은 왜 그랬을

그림 일로 근근이 돈을 벌었다.

우와. 내가 그린 그림이 책 표지가 되다니!

그 후 몇 년이 흐른 지금

여러 책과 잡지 등 일러스트 작업을 했다.

질문

그림으로 잘 먹고 사시나요?

아뇨.

...;;

가뭄에 콩 나듯 일이 들어온다.

NEW
그림 작업 의뢰 요청

어쩌구 저쩌구

야 이게 얼마 만의 일거리야?

그림에르습니다.

미나이 바나~

그림은 내 자아와 닮아

나의 세계

나의 가치관

??

나의 마음

자꾸만 인정받고 싶게 한다.

asdasd
작가님의 그림, 이야기를 보면
위안 받고 공감 받아요. 감사해요.

1

답글 달기   숨기기

헤헤헤. 기분 좋아!

그래서 계속하는 것 같아요.
여전히 불안정한 수입인
그림 때문에 불안하지만
아이러니하게도 이게 없으면
삶이 지루하고 재미가 없어요.

대단한 작가는 아니지만

아 나는 언제
그림으로 먹고살 수 있나…

계속 그릴 이유는 충분하다.

그래도 역시
그림만큼 날 잘 표현할
수단은 없는걸.

여전히 그림이 더 생계를 책임져줬음 좋겠고

저희랑 일합시다!

①

②

저희랑도!

하하. 이런, 너무 바쁜걸…? 거참.

③

작가님 같이 일해요!

더 멋진 그림을 그리고 싶지만

멋진 그림

웅성

정말 멋지다!

나도 따라 그릴래!

웅성

갖고 싶다!

서두르다 넘어지고 싶지 않다.

으악! 그냥 때려쳐!! 이렇게 재능도 없으면서!

느리고 길게 그림과 함께 해볼 참이다.

예쁘다. 잘 봤다가 그림으로 남겨야지.

미래는
불안을 닮았다

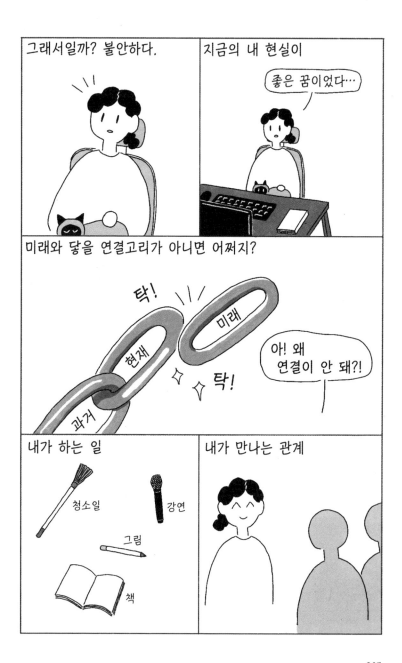

노력이 두려웠다

노력은 잘못 건드리면 터지는 지뢰밭과 같은 두려움이 됐다.

펑

펑

바보들 함부로
들어가지 말라니까~
또 어디서 희망고문
당하고 왔구만?

난 절대
안 들어가!

과정보단 결과를 숭배하는 세상에서

엄청 열심히 하던데
또 떨어졌대.
재능이 없는 거 아냐?

속닥

실패하면 안 된다는 강박

열심히 노력하면 뭐 해
결국 떨어지는데.
시간이 아깝다 아까워.

끄덕

두고 봐라.
내가 꼭 붙는다!

노력에 대한 과한 기대감이

이렇게까지 했는데
안 될 리가 없잖아?
안 그래?

맞아!

두려움의 지뢰밭을 만들었다.

제발!

노력의 결과

실패

214

얻지 못하더라도

> 그거 해서 뭐 해?

> 그런 거 없어.

실패하더라도

♡0오0

> 악플보다 무서운 무플!

과정에서 얻은 지혜와

> 아.. 이거 때문에
> 부족했구나. 몰랐네

이런 나를 돌볼 수 있는 자아는

> 이러면서 알아가는 거지!
> 아 좀 쉬었다 하자.

으아~

그들이 말한 결과가 아니어도 노력은 나를 나아가게 한다는 것을

> 다음엔 그 방식으로
> 그려봐야지.

그릉

그릉

아직도 두려움이 우세한 마음속에
다른 노력의 씨앗을 심었다.

넌 뭐야!
여긴 내 자리야!

곧 내가 차지할 거야!

메일

프리랜서 6년 차	이젠 메일만 받아도 온다.

자~ 오늘도 일을 해볼까나?

촉이 온다!

첫인상이 좋으면 예상대로 쭉 가고	느낌이 쎄해도 예상이 맞다.

✉ 00회사 책 삽화 의뢰드립니다.

보낸사람 000   받는사람 000

안녕하세요. 작가님
00회사 00팀 000입니다.
이번 새롭게 들어가는 책의 삽화를 의뢰하고자
연락드렸습니다.

A메일

이 책은 중독성에 대한 내용을 다룬 책으로
... 책 설명 이하 생략 ... } GOOD!

책 제목 : 0000
원하는 일정 : 23년 10월 10일 *협의 가능
작업비 : 000원
작업 매수 : 도비라 5컷 본문 8컷 } NICE!

✉ 일러스트 의뢰 드립니다.

보낸사람 000   받는사람 000

안녕하세요. 작가님
00회사 00팀 000입니다.

다름이 아니라 이번 책의 표지 일러스트를
의뢰 드리고 싶어 메일 드렸습니다.

B메일

커피에 대한 에세이를 담은 책인데 3월 출간 예정입
니다. 그래서 이번 달 20일까지 가능하신가요?

그럼 연락주세요-! 책 설명이 이게 끝?
고맙습니다.   작업비는? 원하는 레퍼런스는?

메일에서 그 사람의 태도가 분명히 드러난다.

편집자로써 책과 삽화를
잘 이어주는 기분이 드는 사람

A메일

일을 줄 때 상대방에게
명료하고 친절한 정보가 뭔지
딱히 생각해보지 않았던 사람

B메일

그때부터 대하는 태도를 고쳤고

내가 하는 업무가 정확히 무엇이고 그들에게 요청할 정보가 무엇인지 파악해서 잘 알아보게 정리해서 보내주자!

감정적인 글은 지양했다.

자자. 열받지만 최대한 진정하고! 이성적이게 보내보자고.

습!

하~

만약 지금 시작한 프리랜서라면

헉! 일.. 일! 일이 들어왔다!

안절부절

의뢰 메일 왔다!

①

띠링!

메일에 대해 더 신경 쓰길 바란다.

메..일 잘.. 쓰는.. 방..법

타닥

타닥

나는 그걸 스스로 터득하기까지 꽤나 시간이 걸렸거든.

끄아! 저 따구로 보냈다니! 정말 수치스럽다!!!

과거의

메일들

작업일지 #7

일시	2024년 6월 9일 일요일	날씨	날씨 맑음

청소 | 작가 | 일러스트레이터 | 강연 | **강사**

오늘의 목표	차근차근 진도 나가기.(설명도 천천히)

저번 아이패드 드로잉 수업때 설명이 빠르다는 피드백을 받았다.
그래서 오늘은 되도록이면 천천히 설명하기! 그리고 중간중간 학생분들이
잘 따라오고 있는지 체크한 후 진도 나가기.
아무래도 나는 다 아는 내용이라 훅훅 넘어가버렸는데, 처음 접하는 분들
에겐 인지하는 데 시간이 꽤 걸리는 모양이다. 나도 마치 처음 보는 기능
을 배운다는 마음으로 수업 속도를 진행해보자.

발전과
욕심 사이

얼마인지도
모르고

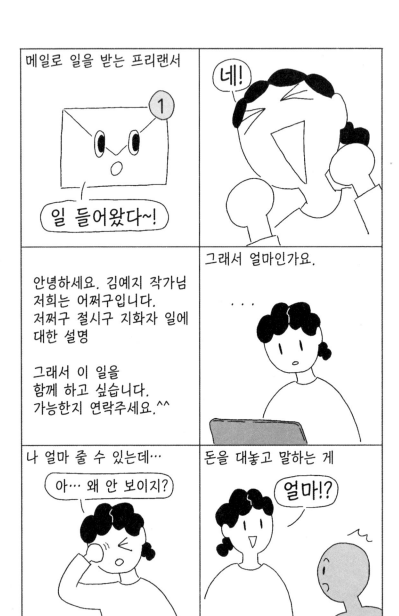

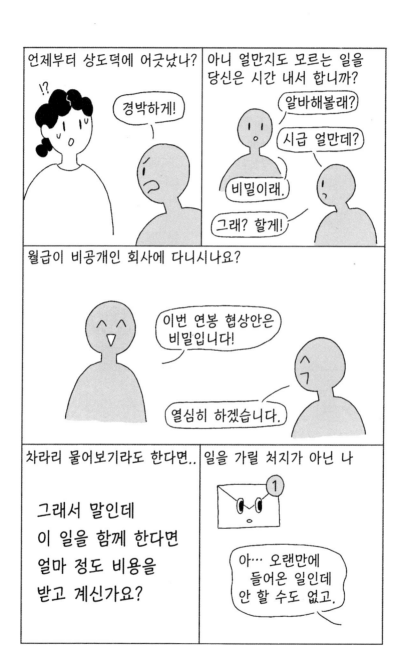

이젠 요령도 생겨버렸다.

안녕하세요. OO님~
좋은 제안 감사드립니다.
그러나 정확한 비용이 적혀
있지 않아 가능 여부에 대한
확답이 어려운 점 양해부탁
드립니다.
정확한 비용을 보내주시면
다시 회신 드리겠습니다.^^

다시 묻고 싶다.

언제까지 이런 걸
물어봐야 하나?

하…

내 인적 자원을 쓰는 데

그림 외주 - 삽화 작업

2시간 - 강연

수업 - 아이패드
드로잉

왜 가격도 없이
가능 여부부터 묻는지

가격은 비밀이고
일단 해보실래요?

부들

제발… 제발!!!

1

일 들어왔다!

이번엔 제발…!

청소부 말고
김예지

물론 그 이미지가 좋았다.

사회적 시선보단
제 시선으로…

2018

선례와 변화를 만들었으니까.

청소일을
시작한 부부

하기청소   하기청소

다양한 직업군의
청년 이야기가
늘어났다.

N년이 지난 지금

사회적 시선보단
제 시선으로…

2024

작가 김예지로선 어떤가?

이제 달달 외우겠다.

'청소일 하는 작가'라는 베네핏이 사라지면 어떨까?

이제 청소일
그만둡니다.

나의 첫 에디터님은

『저 청소일 하는데요?』
부터 쭉 함께 작업했다.

떠나며 이런 말을 남겼다.

작가님, 저는
출판계를 떠나요.

으악!
안 돼요!

앞으로 청소부가 아닌
김예지로서 얘기할 수 있는
것들을 찾아야 해요.

그렇다면 이제 나는

맞아요. 사실 저도
요즘 그게 참 고민이었어요.

내가 닿은 또 다른 세상을

말할 차례가 됐다.

그래…
이런 세상도
나에게 있었지.

235

청소일보다 덜 흥미롭더라도

내가 나아가고 싶은 세상을

용기 내어 말하고 그려낼 수 있는 마음을 갖고 싶어졌다.

이 일을 사랑하고 계속해 나가고 싶은 마음으로 말이다.

펑펑 울었다

오랜만에 리뷰도 보게 됐다.

김가지

[전체] [프로필] [최근활동] [도서]

 다 똑같이 살 순 없잖아.
저자 김가지
출판 다크호스 2023.05.15

도서 판매처 22

그중 누군가의 리뷰에서

Blog   🔍 ☰

이야기가 좀 더 내밀해진 이번 책.
그래서일까 전작보다 더 깊이있게
다가왔고,

작가가 성장한 것이
느껴지는 책이었다.

이런 문구를 만났다.

**성장한 것이
느껴지는 책이었다.**

아···

내가 성장했다고?

읍...

흡...

243

펑펑 울어버렸다.

나는… 나는…
제자리걸음도 못하고 있다 생각했어.
혹 뒷걸음질 치는 건 아닐까…
걱정했단 말이야…
이젠 더 이상 쓸모없는 다 타버린
성냥이 된 건 아닐까
불안하고 무서웠어!

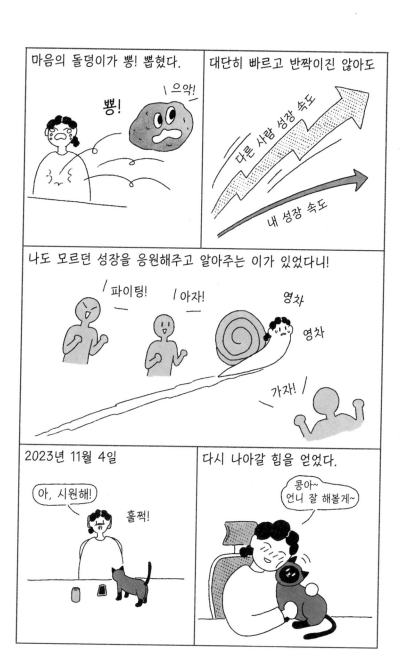

✉ 40대의 예지에게

과거의 나에게 위로와 고마움을 전했다면, 미래의 내겐 질문할 게 너무 많아.

하지만 아무리 물어본다 한들 대답을 들을 수 없겠지.

그렇다면, 40대가 된 나에게 지금의 내가 몇 가지 당부 좀 해도 될까?

첫 번째는 나이만 먹은 사람이 아니라 나이를 잘 먹은 사람이 되어줘.

분명 지금의 내가 노력해야 미래의 내가 그리되겠지만, 혹 그러지 못했다면 그때라도 이 부탁을 기억하고 다시 노력하길 바라. 언제든 사람은 시작할 수 있으니까.

두 번째는 여전히 그림을 그리고 있어줘. 잘 그리든 못 그리든 삶의 한 부분으로 갖고 가면 좋겠거든. 내가 좋아하는 걸 꾸준히 좋아하는 사람으로 남고 싶어.

세 번째는 엄마와 분리되어 혼자 일하는 삶을 살아줘. 40대에는 본격적으로 오롯이 날 책임지는 삶을 살아가면 좋겠어. 혼자서 나를 먹여 살리는 묵직한 책임감을 느껴보고 싶거든.

지금의 나는 미래의 나를 무척 기대하고 있어. 그런 만큼 부담이 좀 되겠지만, 그 부담 잊지 않고 잘 나아가주길 바란다. 부탁할게!
그리고 고마워. 언제나 나로 잘 살아갈 미래의 나야.

에필로그

처음 일을 시작했을 땐 막연하게 돈을 잘 벌고 싶었어요.

현실은 녹록지 않았고 미래는 무서웠습니다. 하지만 이제는

대단히 성공하지 않아도 적당한 여유를 찾을 수 있어요.

마음을 먹게 되었거든요.

무언가를 얻기 위해 무리하지 않는 태도. 일이라는 거대한

자아를 삶의 한 조각으로 치환하는 의지. 나의 품에 맞게

일하며 적당한 노동을 찾아가는 용기.

그렇게 오늘도 단잠의 유혹을 물리치고 하루를 시작해 봐야죠.

두려움이 앞설 때는 노력의 씨앗을 새롭게 심으며,

계속해 나가겠습니다!

그만둘 수 없는 마음
10년 차 청소부, 진로 고민은 영원히

1판 1쇄 발행   2024년 11월 25일

지은이   김가지

편집   이혜재
디자인   MALLYBOOK
제작   세걸음

펴낸이   이혜재
펴낸곳   책폴
출판등록 제2021-000034호
전화   031-947-9390
팩스   0303-3447-9390
전자우편 jumping_books@naver.com

© 김가지, 2024

ISBN 979-11-93162-34-7 (03810)

너와 나, 작고 큰 꿈을 안고 책으로 폴짝 빠져드는 순간
책폴

블로그 blog.naver.com/jumping_books
인스타그램 @jumping_books

책폴